파리에서 비를 만나면

Quand l'on rencontre la pluie à Paris

나혜경 시집

오후시선 08

파리에서 비를 만나면

Quand l'on rencontre la pluie à Paris

시 나혜경 | 사진 김동현

역락

　　시를 줄여 쓰는 동안 말도 조금씩 줄었습니다. 고요가 좀 더 촘촘해지길 바라며 말과 말 사이에는 파리의 풍경을 끌어다 두었습니다. 사진 속에 담긴 시간과 장면이 시가 되고 시는 또 하나의 이미지가 되어 서로 낯설게, 또 서로 너그럽게 어우르고 스며들기를 바랍니다. 가끔 이곳에 없는 나를 데려오는 일은 즐겁기도 하고 고되기도 하였으나, 그것조차 바람처럼 왔다 가는 일. 그러니 모두가 무겁고도 가볍습니다.

2020년 여름

나혜경

사라질 것만 찍고 싶다는 사진가와

마음에서 사라지지 않을 것만 찍고 싶다는 시인처럼

1부

벽이 벽을 바라보며 창을 생각하는 동안

내가 나를 바라보며 너를 생각하는 동안

꽃잎이 떨어지는 이유

열한 시 오십일 분 이십오 초에 나는 벚나무 아래를 지나게 되었고

벚꽃잎은 바람결에도 가지를 놓지 않고 기다리다가

내게 아찔한 입맞춤을 했던 것이고

몇 생을 돌아 나는 국민은행 사거리를 지나는 중이었고

당신은 죽지도 못하고 거기서 기다리다가

나와 단 한 번의 눈맞춤을 했던 것이고

괜찮다고 말하면

있는 그대로 말하지 않는 게 더 나을 때가 있다

아프다는 말 대신 괜찮다고 말하면
말하는 사이
아픔이 조금 줄어드는 것 같다

나도 잘 모르는
엉뚱한 감정 쪽으로 기울기를 바라며
가끔 내가 나를 속이기도 한다

사월

벽이 벽을 바라보며 창을 생각하는 동안

내가 나를 바라보며 너를 생각하는 동안

딱 그만큼의, 촌각

흔들리며 균형 잡는

만취한 입 밖으로

속엣말이나 허풍이나 욕설이나 거짓말이 술술 흘러나오길 기다렸다

듣지 말아야 할 이야기를 고대하며 귀를 쫑긋 세웠으나

술이 들어갈수록 단정했다 혀가 꼬일수록 꼰지발로 내려앉는 말과

겸손해지는 무릎 한없이 흔들리며 균형 잡는 마음

그의 주벽酒癖에는 스스로 매질하여 순교한 시간이 매달려 있다

나무, 홀로 푸르다

한발 나아갈 수 없을 땐

제자리에서 저렇게 깊어지는 겁니다

단식을 하면

사람 만날 일이 뚝 끊긴다

수다도 없어지고 땀 흘릴 일도 없어져

꽃이 피어도 햇빛이 반짝여도 그저 그렇다

기쁨도 슬픔도 다녀가지 않아 우울한 나날

오직, 밥 생각만 한다

자장면 설렁탕 김치찌개 쌀밥 파전 찰떡

사랑을 끊으면 사랑에 갇히고

밥을 끊으면 밥에 갇힌다

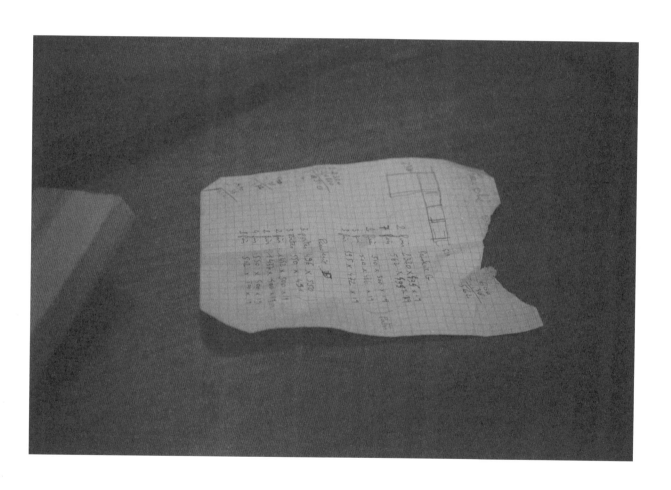

냉동기억창고

고등어

아이스크림

송편

옥수수

블루베리

.

.

.

먹고 싶을 때 꺼내 먹으려고 차곡차곡 쌓아둔 단어들

꽉 찬 채 꽁꽁 얼어버린 기억의 창고에서

찾지도 못하고 꺼내지도 못하고 먹지도 못하고

늘 배고프다

게으른 세잔

엑상프로방스 애플매장 앞엔 우연처럼

화구를 멘 세잔이 우뚝 서 있지

카페 빨강에서 세잔이 얼마나 게을렀는가를 들었어

다 살기도 전에 시들어버렸던 화가들의 삶처럼

그림이 완성되기도 전에 시들어버렸다는 사과

굴리지 않아도 굴러가는 삶처럼

정물 밖으로 데굴데굴 구르고 싶은 사과를 만드느라

바라보는 데 더 오랜 시간을 들였다지

이브의 사과가 뉴턴의 사과가 되고

뉴턴의 사과는 세잔의 사과가 되고

세잔의 사과가 잡스의 애플이 되는 동안

새콤달콤 단단한 사과를 사람들은 여전히 사랑하지

세상 어디에도 있는 사과, 애플

애플은 이제 오래 바라보아도 시들지 않고

시들기 전에 완성되지

조춘

남쪽 문을 열어젖히자

이제 막 퀵으로 도착한

보드라운 바람 한 상자

어디에 쓸까

생각할 틈도 없이

말랑말랑 구워지는

언 마음

두 송이씩 지는 섬

곱으로만 계산되는 그런 거리가 있다

한 발짝씩 다가가면 두 발짝 가까워지고

한 발짝씩 물러서면 두 발짝 멀어지는

이이는 사 이삼은 육 이사 팔

꽃 피는 것도 환하게 두 송이

꽃 지는 것도 캄캄하게 두 송이

당신이라는

섬과

나라는

섬

만난 적 없는 내가

오늘의 내가 두 줄짜리 문장을 쓰다 나가면

내일의 내가 넉 줄로 늘려놓고

모레의 내가 열 줄로 늘리느라 고심하다 그만두면

글피의 내가 지방을 발라 근육만 남겨놓고

그글피의 내가 조금 더 살을 붙이고

한 달 후의 내가 지우기도 하고 살리기도 하고

그다음 날 또 그 다음다음 날의 내가

결식

라일락에게서 꽃 한 가지 얻어와 유리병에 꽂고

배추꽃 몇 송이 얻어와 비빔밥 위에 얹고

목련에게서 꽃 한 송이 얻어와 뜨거운 물에 우리고

단풍 한 잎 얻어와 책갈피에 끼워놓고 홀쭉한 맘 다독이는

살아가는 일은,

얻어, 먹는, 일

신의 한 수 繡

밋밋한 에코백에 국화 한 다발 수놓으니 세상이 환해졌다

시들시들과 권태 틈틈이 붉은 장미 두 송이 싱싱하고

가문 가슴으로 소나기 한줄기 지나간다

바늘이 들락거리고 나니 귀퉁이도 중심이다

간신히와 무관심의 그늘 어디에 수를 놓을까

푸르짱짱한 색실을 꿴다

2부

나는 매일 꽃을 그리고
너는 전송받은 꽃을 물병에 꽂는다고 했다

풀잎의 마음

하룻밤 묵어가려고
풀잎의 등을 꼭 붙들고 있는
나비 한 마리

자세히 보니 그게 아니다

편히 쉬다 가게
나비를 꼬옥 보듬고 있는
풀잎

그는 여러 사람이다

그를

누워서 본다

일어나서 본다

뒤에서 본다

공중에서 본다

그가, 낮달맞이꽃일 때도 있고 강아지풀일 때도 있고 귀뚜라미일

때도 있고

강물일 때도 있고 불꽃일 때도 있고 저녁놀일 때도 있다

매번 다른 사람이다, 그는

빈틈엔 꽃

세상은 시끄럽지만

다시 봄은 와서 새순 돋고

당신은 옆에서 내 봄 졸음을 지키고

벗은 저녁을 살펴 찾아온다니

새순이 아직 못다 채운 빈틈은

다 꽃빛이다

다행이다

핸드폰에 있던 정보가 다 지워졌다

전화번호도 문자도 사진도 메모도 0이 되었다

복원하려면 배보다 배꼽이 더 커

0에서 다시 시작하기로 했다

0이 있어 다행이다

없음에 기대어야 시작할 수 있는 날들이 있다

멈춘 시간

시장 모퉁이 고려시계점도 시계들도 멈춰 서 있다
열 시 반 네 시 다섯 시 오십 분

가리키는 시간이
송파 세 모녀가 죄송한 마음 안고 번개탄을 피우는
자위야 해변에서 보트피플이 침몰하는
짐바브웨 소년이 굶어 죽어가는
그런, 시간이 아니길

오 분 늦은 시계를 가진 나는 오 분 늦은 채
멈출 곳을 찾아 시장을 돌고 도는데
구두점 없는 문장처럼 이어지는 상가들

난청

딱새도 개구리도
귀뚜라미도 당신도

여기 있어도
여길 떠나 있는 자들처럼

웬일인지
올해는 통 울지 않네요

손발이 따뜻한 사람

둥지에서 떨어진 어린 새의 입에

벌레를 잡아 넣어주는 손

시를 읽다가 자주 턱을 괴어

먼 데를 응시하는 손

첫 마음을 잃지 않으려

지나온 달력을 자주 넘겨보는 손

이 모든 가난한 곳에

부지런히 다다르게 하는 발

저 맹인의 눈이야말로
진정 평등한 눈이 아니겠느냐?*

눈 뜨고도 보지 못하고 귀 열고도 듣지 못했다

내 방식대로만 읽고 내 방식대로만 썼다

평등을 사랑하나 실천하지 못하였다

세상과 나 사이, 고여 있던 소리와 색, 이제 버려야겠다

안경을 벗고 더듬더듬 일어선다

*박지원, 「도강록」, 『열하일기』에서

파리에서 비를 만나면

놀라지 말자 대지처럼 저수지처럼
네거리에서 이부자리를 펴는 젊은 걸인들처럼

꽃이 꽃을 바라보듯
네가 너를 바라보듯 그렇게

하던 이야기를 계속하자
퐁뒤나 하끌레트의 긴 저녁 식사와 강아지의
습관과 향수의 취향에 대하여
가던 길을 계속 가자
개선문에서 샹젤리제를 지나 콩코드 광장으로
튈리르 공원으로
뛰던 길을 계속 뛰자

비에게도 임무가 있다면

뜨겁다와 차다, 얇다와 두껍다를 섞는 일

빗방울로는 무엇이라도 끊지 말고 연결시키자
무수한 점으로 달아나려는 것들을 이어 붙여
말을 만들자
빗방울을 닦아내지 말자

달빛처럼 낙화처럼 달콤쌉쌀하게 지나가는 비
에스프레소와 바게트로
간단한 식사를 학습하는 동안 아무도 모르게
흩어진 이름을 간절히 부르기도 하는 비

울거나 키스하거나 누워 비를 맞거나 포옹하거나
걸으며 음식을 먹거나 간섭하지 않았던 도시에서
빈손으로 돌아왔으나

마술사처럼 나는 낭만을 귓바퀴에 올려놓고
만지작거리고 있다
쏟아지지 않게 증발하지 않게
조심조심하며

결핍이 만들어내는 표정

한쪽 가지 잘려나가고도 찬란한 아홉 송이 목련꽃

치매 걸린 아내 낮 보호시설 보내고 담배만 태우는 뒷집 어르신의 아침

복숭아나무 떠나지 못하는 부러진 버팀목의 그림자

슬픔 묻고 와 절반은 애써 웃고 절반은 목놓아 우는 친구 눈빛

나는 매일 꽃을 그리고

파리는 나의 애인이다

먹을 때도 걸을 때도 파리를 생각한다

여기는 아침 식사 시간

너는 자고 있다 내가 잘 때

냉동고가 된 냉장고의 음식을 녹이며

너는 저녁을 준비하고 있다

그 많은 짐을 어떻게 들고 갔을까

몇 년째 곱씹는 첫 풍경이 어려운 고백 같다

보이지 않으면서도 동공에 차오르는 도시

다른 시간 안에서도 동시에 활보하는 골목

그 도시가 내게 어떤 꿈을 꿨냐고 묻는다

에펠탑에 외등을 켜고 김치찌개 밥상을 차린다

센강에 종이배를 띄운다

파리행 비행기는 하루에 몇 번 뜨는가

발 닿지 않는 착륙과 발 닿는 이륙을

반복하는 동안

너는 어른이 되어 가고

너도 내가 어른이 되길 바라고

내가 걱정하던 너는 이제 나를 걱정하고

나는 매일 꽃을 그리고

너는 전송받은 꽃을 물병에 꽂는다고 했다

생각정

아예 도착하지 않는 일

아직 도착하지 않은 일

아마 도착하지 않을 일

그러든지 말든지 마당 가득 맘 놓은 푸르름

3부

가까워지기 위해 점점 멀어지고 있다

우린 닿을 수 없는 곳에 있다

다른 시선

실물처럼 그려야 한다는 너와

실물과 다르게 그려야 한다는 나처럼

사라질 것만 찍고 싶다는 사진가와

마음에서 사라지지 않을 것만 찍고 싶다는 시인처럼

우린 같은 곳에서 다른 쪽을 바라보고 있다

가까워지기 위해 점점 멀어지고 있다

우린 닿을 수 없는 곳에 있다

카프카는 평범이 기적이라 했다

오늘은 어제와 다르기를 바랐지만

같은 시각 아침을 먹고 FM을 들었고

몇 사람을 만나며 주워 담지 못할 말을 또 하고

혼자 저녁 찬거리를 걱정하고 빨래를 걷고

산책하며 쓸데도 없는 잡념을 채집하고

달력을 넘기며 오지 않은 날을 체념하고

화장을 지우며 멀리 있는 나를 불러와 독대하는

무덤,덤한 하루였다

무의식중에

오른손이 왼손을 덥석 잡는다
엄지손가락이 발바닥을 꾹꾹 누른다
네 입에 밥숟가락 밀어 넣어주며 내 입이 벌어진다

고맙다고 애쓴다고 배고프냐고
말하지 않는다
손바닥 들여다보듯 형편을 빤히 알면
말보다 몸이 먼저 움직인다

한 침묵으로 고달픈 한 몸을 달랜다

벙어리 빗방울

후두둑 후두두둑

부서져야 말이 되는

빗방울의 언어를

양철통이 나뭇잎이 우산이 고인 물이

한 마디 놓치지 않고 들려줍니다

말 속 햇빛도 말 속 구름도

말 속 뼈도

귓속말까지도

고스란히 들려줍니다

뱃사람의 말

파도가 허옇게 뒤집어질 땐

절대 옆을 안 봅니다

그래야 파도를 빠져나올 수 있어요

뒤돌아보니

높은 물결에 갇혀

돌아오지 못하는 내가

여럿 있다

Tous vos transports en Île-de-France

지평선 지평선

에어컨도 없이 모래바람 들이치는 미크로에

한국사람 몽골사람 가득 태우고

열 시간째 달려가는 운전사 저거는

신호등도 이정표도 없이

숨겨둔 길로만 갑니다

화도 내지 않고 급할 것도 없이

주머니에서 꺼내고 또 꺼낸 길

신의 손금 밟듯 북두칠성 따라

우리를 꼭꼭 숨기러 갑니다

삼촌

제주에선 여자든 남자든

가까이 지내는 사람을 삼촌이라 부르더라

마음의 거리가 이모쯤 되는 삼촌

빈속을 수시로 챙기며

서로가 서로에게 삼촌이 되어주더라

육지에선 꽃 피우기 어렵다는 2월 제주 수선화

꺾여도 오래 떠나지 않는 그 향 같은 호칭이더라

제주도
말

밥 먹언? 잘 잔? 잘 살안?
자신 없어 말꼬리를 흐리는 줄 알았다

압축한 말이 짧은 시라는 걸
귓속을 지나 마음에 닿으면
활짝 꽃 핀다는 걸

다음 계절에야 알았다

안녕을 빌 만한 문장

넌 언제 파리를 생각하니

생각 안 한다며 고개를 돌리는 찰나

밥물 맞추느라 집중하는 동안

설핏 잠들었다가 확 깼을 때, 아니

난 언제든 생각하지

연금법개혁을 저지하며 시위한다는 소식에

별일 없냐고 그에게 문자를 보낸다

위험한 곳은 가지 않는다며

안전한 곳에서 찍은 사진을 보내오고

나는 사진 속 웃는 모습을 저장하며 안심한다

무엇이 잘 풀리지 않으면 펼쳐보는 책이 있다

지하철 파업으로 묶인 그의 발을 생각하며

또 책을 펼치고 있다

어디서도 들어본 적 없는 작가의 목소리에는

무엇이든 이겨낼 수 있게 하는 진심이 담겨 있다

내가 해결할 수 없는 일이 생기면

마음 놓을 만한 문장을 찾아내어

음악처럼 듣고 또 듣는다

거울 속 가을

모과나무 잎사귀 한 장

떨어져 며칠 바닥을 구르고 구르더니

바람 불자 바람 등허리에

가볍게 올라타고

손을 흔들며 담장을 넘어가더니

며칠이 지나도 돌아오지 않는다

한
낮

텅 빈 동네

길고양이가 등을 한껏 구부리고

개집 앞을 살금살금 지나가는데

묶인 놈은 이빨을 드러내고 컹컹컹컹 짖어대고

자유로운 놈은 가던 길 간다

시간이 고양이처럼 맨발로

살금살금 나를 지나가는데

짖을까 말까 분별하는 동안

시간이란 놈은 쏜살같이 가버린다

위도에서 하룻밤

갑자기 떠난 결혼 기념 여행

철 일러 주인은 육지에 나가 있고

이웃 할머니가 방을 내주는데

주인과 큰 소리로 통화하며

내외지간이랑게 내외지간

핑계 삼아 자꾸만 문을 두드리는데

혼자 먹다 들킨 듯 엿보다 들킨 듯

할머니 심심치 않으시라고

다정한 척 내외지간 아닌 척

한적한 봄바다 파도도 괜스레 뒤척뒤척

뺄셈이 필요한 집

이사 오며 짐을 꽤 줄였으나 다시

산 것 받은 것 만든 것으로 남아도는 집 발에 채는 집

늘어놓은 것 청소가 어려운 것 마음 산란한 것으로

여백이 줄어드는 집 손 닿지 않는 집 할 말 없는 집

체중을 줄이고 감정을 줄이고 소모를 줄이고

입을 꿰매고 손을 자르고 발을 아예 묻어야 할 때

4부

그러니까 어떤 것은 많은 것과 바꾸고도

두고두고 좋을 수 있다는 걸 알았다

춤을 추듯

바람이 조금씩 부는 날이었어요

저만치 앞서가는 여자가 뒤로 걷고 있는데

양팔을 흔들며 가는 모습이 춤추는 것 같았어요

전염되듯 나도 따라서 양팔을 들어 올리고

서로 바라보며 걷자니

그녀는 내 수신호로 넘어지지 않고 걷는 것이고

그녀를 위한 수신호는 멈출 수 없는 것이 되어

우리는 조금 떨어진 채 짝을 지어 춤추는 사이

바람은 가느다란 실이 되어 둘의 거리를 당겼다 놨다

우리는 초면에도 마주 보며 춤을 추었어요

붙잡지 않고도 탱고를 추었어요

문워크를 팝핀을 추었어요

서쪽 꽃밭

아침에 세어도 스물네 송이

저녁에 세어도 스물네 송이

비 온 후 세어도 스물네 송이

뻔한 것을 계속 센다

바람이 다녀간 후에도

나비가 다녀간 후에도

세고 또 센다

일 년을 기다려 만난

노랑 수선화 스물네 송이

삼월

그즈음엔

어디가 양지이고 어디가 음지인지

어떤 말이 높고 어떤 말이 낮은지

누가 서러운지 누가 굶는지

다 드러나는 계절입니다

푸르게 물드는 시력으로

들여다보고

또 들여다보게 되는 때입니다

일 년 뒤 만난 당신

못 본 사이

부끄러움도 줄고 구두 대신 운동화만 신고

밥 먹듯 술을 마시고 자장면 대신 짬뽕을 먹는 사람

기다리던 사람은 오지 않고

다른 사람이 왔습니다

굽은 길

꺾이고 휘고 뒤틀린 나무

살기 위해서
죽기 위해서
다시 살기 위해서

그렇게
몇 고비를 넘기고
푸르름 한 그루 얻은
나무

코로나 끝나면 밥 한번 먹자

갚아야 할 빚이 두 달째 밀려 있다
4월이 오면, 아니 5월이 오면
매일 빚 갚으며 행복하자

꺼도 꺼도 살아나는 불씨는
병원도 호텔도 집도 감옥으로 만들었다

봄 감옥에 갇혀
연로하신 부모님도 오래 만나지 못했다

봄이 왔어도 봄 아니다

풍찬노숙

방충망에 붙어

집 안쪽에 귀 기울이는 날벌레

저녁 뉴스와 연속극 소리보다 귀한

사람 말소리가 듣고 싶어

밤 깊도록 떠나지 못하고

들리지 않는 소리를 듣느라

한 점 정물화가 되어

일박

다시, 몽마르트르

몇 년 전 몽마르트르에 왔었지만 몽마르트르만한
기억이 없어 다시 몽마르트르에 왔다
그림보다는 그림 그리는 화가들을 바라보는
눈이 생겼고
사크레쾨르 성당 앞에선 파리를 내려다보는
사람들을 올려다봤고
언덕을 내려오는 길에서 우연히 달리 씨를 만났다

문 닫은 오베르 쉬즈 우아르의 라부여관과
만나지 못한 아를의 랑글로아 다리처럼
여행은 다시 올 이유를 곳곳에 숨기는 것만 같다

한 번의 여행은
본 것과 볼 것을 구분해주고
두 번의 여행은

몇 번 와도 좋을 곳과
너무 많은 곳에 가지 않았다는 것을 가르쳐준다

여행이 끝나갈 무렵
너는 비염이 거의 나았다고 했다
이번 여행에서 가장 듣기 좋은 말이었다

마지막 날 우리는 종일 아무도 만나지 않는 대신
오르세에서 고흐 씨를 한 번 더 만났다
그러니까 어떤 것은 많은 것과 바꾸고도
두고두고 좋을 수 있다는 걸 알았다

가을 안쪽

교보문고寺 천불천탑 돌다 집어 든 책 속

불면 정진이 낳은 깨알 같은 사리가 열닷 말가웃

단풍의 손금이 붉고 노랗게 드러나고

가야 할 방향이 선명해지는

무엇이든 꼭꼭꼭 씹어 먹기에 좋은

삼삼한 때

함께 가는 저녁놀

서쪽으로 가는 비행기 타고 러시아 상공을 지날 때쯤

비행기 날개는 저녁놀에 붉게 물들기 시작했다

마을로 뻗은 길과 강과 지평선이 붉다

바다 지나 사막 지나 굽이굽이 산맥

긴 풍경 다 지나도록 저녁놀은 지지 않는다

시속 구백 킬로의 속도는 힘이 세서

저녁놀을 오래 놓치지 않고 있다

졸음과 설렘이 서로를 붉게 물들이며 함께 간다

시간이 흐르지 않는 구역이다

혼자 말하고 혼자 듣는다

시골로 이사 온 뒤

혼잣말을 자주 한다

사람 대신 햇빛과 바람과 비가 다녀가고

음성 대신 새소리가 왔다 가고

질문 대신 온도를 바꾼 계절이 오고 또 가고

혼자 하는 공기놀이처럼

내가 툭 던지고 내가 턱 받는 말

떨어뜨려도 주워 담을 수 있는 말

지극하게 말과 말이

손을 마주치거나 등을 포개거나 끌어안거나

정성껏

서로를 대접한다

종일

혼자 말한다

종일

혼자 듣는다

눈 온 날

너와 이별한 날은 발자국이 먼저 돌아섰고

네가 다시 온 것도 발자국과 함께였다

발자국이 만나면 눈밭에도 꽃이 피어

겨울도 춥지 않았다

시 | **나혜경**

1991년 사화집『개망초꽃 등허리에 상처난 기다림』으로 작품활동을 시작하여 시집 『무궁화, 너는 좋겠다』,『담쟁이덩굴의 독법』,『미스김라일락』을 냈다. 전북시인상 등을 받았고 원광대학교 대학원 문예창작과를 졸업하였다.

사진 | **김동현**
Donghyun KIM

파리 제8대학교에서 사진을 공부하고 있으며 패션 광고사진 포토그래퍼로 활동하고 있다.

역락 오후시선

오후시선 01
고요한 저녁이 왔다

시　복효근
사진 유운선

- 2018년 올해의 청소년 교양도서 선정
- 2019년 세종도서 교양부문 선정

오후시선 02
사이버 페미니스트

시　정진경
사진 이몽로

오후시선 03
그대 불면의 눈꺼풀이여

시 · 사진 이원규

- 2019년 문학나눔 선정

오후시선 04
아침에 쓰는 시

시　전윤호
사진 이수환

오후시선 05
울컥

시　함순례
사진 박종준

오후시선 06
그대만 아픈 것이 아니다

시　이수행
사진 박균열

오후시선 07
내가 낸 산길

시　조해훈
사진 문진우

오후시선 08

파리에서 비를 만나면

Quand l'on rencontre la pluie à Paris

ⓒ 나혜경 · 김동현 2020

초판1쇄 인쇄 2020년 7월 15일
초판1쇄 발행 2020년 7월 24일
시   나혜경
사진   김동현
기획   김길녀
펴낸이   이대현
책임편집 이태곤
편집   이태곤 문선희 권분옥 백초혜
디자인   안혜진 최선주 김주화
마케팅   박태훈 안현진

ISBN   979-11-6244-548-8 04810
        979-11-6244-304-0 (세트)

펴낸곳   도서출판 역락
출판등록 1999년 4월 19일 제303-2002-000014호
주소   서울시 서초구 동광로 46길 6-6 문창빌딩 2층 (우06589)
전화   02-3409-2058
팩스   02-3409-2059
홈페이지 http://www.youkrackbooks.com
이메일   youkrack@hanmail.net

책 값은 뒤표지에 있습니다.
잘못된 책은 바꿔드립니다.

「이 도서의 국립중앙도서관 출판예정도서목록(CIP)은 서지정보유통지원시스템 홈페이지(http://seoji.nl.go.kr)와 국가자료종합목록시스템(http://kolis-net.nl.go.kr)에서 이용하실 수 있습니다. (CIP제어번호 : CIP2020027761)」
*이 책은 전라북도문화관광재단 지역문화예술 육성지원사업의 지원금을 받았습니다.